Patrick Roth

Lichternacht

Weihnachtsgeschichte

Mit einem Essay von
Michaela Kopp-Marx

Insel Verlag

Insel-Bücherei Nr. 1285
Sonderausgabe 2014

Lichternacht

Da nun Joseph vom Schlaf
erwachte, tat er, wie ihm
aufgetragen der Engel des Herrn,
und nahm seine Frau an.

Matthäus 1,24

Über den Abend des 24. Dezember 2002 habe ich mit den wenigen Gästen, die außer dem Brautpaar und mir damals dabei waren, nie mehr gesprochen. Keiner der Freunde hat ihn, soweit mir bekannt ist, je wieder erwähnt, geschweige denn an Joes Worte gerührt. Eigentlich war es, als hätte es ihn nie gegeben, den Abend. Das »Resultat«, sicher, daran erinnerte sich jeder. Unsere Freunde Joe Travers und Rose Reed waren an jenem Abend getraut worden. In ihrer Wohnung in der Zweiten Straße, unweit vom Santa-Monica-Strand. Die Sonne versank gerade im Meer, und das Wohnzimmer, in dem wir mit dem Bräutigam auf das Erscheinen der Braut warteten, färbte sich eine Zeitlang weinrot.

Eine halbe Stunde zuvor hatte uns Rose noch in T-Shirt und Jeans die Tür geöffnet, dann die Pastorin vorgestellt – eine beleibte Dame, die, flüsterte Rose uns zu, Joe in den Gelben Seiten gefunden und ihrer sympathischen Stimme wegen sofort angeheuert habe (Joe sprach gerade den Ablauf der Zeremonie mit ihr durch) –, hatte an vier von uns *instamatic cameras* verteilt, mit Larry und Trish ein Zeichen verabredet, auf das Trishs Videokamera und Larrys *Here Comes the Bride*-CD gestartet würden, damit sie, Rose, am Treppenabsatz erscheinen könne, und eilte dann aufgeregt, sich aber plötzlich nochmals umwendend – nach wem? nach Joe, sah ich, seltsam und schrecklich, denn mir schien, als nähme sie Abschied in dieser Sekunde –, die Stufen nach oben, um sich, wie Joe ihr mehrmals zugerufen hatte, endlich würdig in Schale zu werfen.

Wie gesagt, eine halbe Stunde war vergangen, noch schien niemand besorgt. Einige hatten Joe gefragt, warum das Paar gerade diesen Tag als Hochzeitstermin gewählt habe. Der Bräutigam hatte die Frage umgangen, hatte fleißig Wein nachgeschenkt, nach dem Buffet gesehen, ein paar Tannenbaumnadeln aufgelesen und sich von Trish, die darauf bestand, die Krawatte neu binden lassen. Trish hielt es für irgendwie aufregend, daß Joe und Rose, wie sie eben gehört habe, sogar den Wortlaut des Eheversprechens geändert hätten.

»Das hätte mir vor zwei Jahren einfallen sollen«, rief Larry, und Trish fand das gar nicht lustig.

Joe wirkte beunruhigt. Mir war, als ginge – um uns her – etwas vor, von dem nur Joe wußte und wofür er verantwortlich war. Larry schien es auch zu spüren. Er meinte, Trish könne ja mal rauf, nach der Braut sehen.

»Nein, laß sie«, sagte Joe. »Wartet noch ein wenig mit mir. Mir fehlt etwas.«

»Die Braut!« lachte einer.

»Ich bin euch eine Erklärung schuldig.« Joe warf einen Blick zur Treppe. Er zögerte und begann dann zu erzählen. »Es war 1977, am Weihnachtsvorabend, also heute vor … 25 Jahren. Ich war damals – ich lebte noch in New York – in eine junge Frau verliebt …«

»Whoaaa, jetzt kommt's raus, Frau Pastorin, hören Sie gut zu«, rief Larry. »Hey, Rose, hörst du da oben?«

Joe grinste verlegen. »Ich war völlig … besessen von diesem Mädchen. Dachte nur noch an sie, an uns und wie wir … den Rest unseres Lebens zusammen verbringen würden. Ich war Manager in einem Rund-um-die-Uhr-Diner in der Bronx. Da hatte sie mal ihre Schultasche liegenlassen. Ich weiß nicht, woher ich den Mut nahm … Ich hätte sie anrufen sollen, klar: ›Ihre Sachen liegen hier, Miss. Sie können sie jederzeit abholen.‹ Aber ich tat nichts dergleichen. Fuhr den ganzen Weg rüber nach Queens, über die Brücke – sie wohnte in Whitestone – und bei ihr vorbei und … ja, und ich hielt. Stieg aus, ging zur Tür – ich erinnere mich, ich mußte auf halbem Weg nochmals zum Auto zurück, weil ich die Schultasche auf dem Beifahrersitz hatte liegenlassen. Es war ein kleines einstöckiges Haus. Ich habe angeklopft. Ja … Und ein halbes Jahr später hab ich ihr dann den Ring gekauft. Einen Ring. Ich hatte ihr nichts davon gesagt, nichts. Am Weihnachtstag, dachte ich, am Weihnachtsmorgen dann sage ich's ihr, überrasche sie damit. *Willst du meine Frau werden?*«

»Was hast du nur mit dem Tag, Joe?« meinte Trish. »Weihnachten, Mann, da gibt's doch schon genug zu feiern!«

»Für mich war da nie was«, sagte Joe. »Der Tag hat mir nie was bedeutet. Eine ganze Kindheit lang, dieses Getue! Jeder verschwand zu seiner Familie. Jeder, der eine hatte. Mir hat er nie was bedeutet. Aber der Tag, an dem ich um ihre Hand anhielte, der wäre zu feiern, dachte ich. Der würde mir ein Leben lang was bedeuten, versteht ihr? Ich hatte Vorkehrungen getroffen, von denen sie natürlich nichts ahnen konnte. Weihnachten und den Abend davor hätte ich Nachtschicht im Diner, log ich. ›Habe leider keine Vertretung gefunden‹, sagte ich. Sie war traurig, sah es ein, natürlich. Sie weinte sogar. Da war ich versucht, was zu sagen. Naja, ich werd's bald wieder gutmachen, dachte ich.

Aber dann kam Sal nicht. Sal, der mich die Nacht vor Weihnachten Punkt 10 Uhr ablösen sollte. So war's ausgemacht. Draußen fiel Schnee, schon seit Mittag. Ein starker Wind war hinzugekommen, und ich dachte zunächst: Bei dem Wetter, klar, Sal wird sich ein wenig verspäten. Um 10 Uhr wollte ich los – kurz nach Hause, duschen, dann zu ihr. Aber Viertel vor 11 war er noch nicht da. Um 11 rief ich bei ihm an. Niemand nahm ab. Ich wählte die Nummer der Eltern, die in der Nähe wohnten. Die Mutter behauptete glatt, Sal sei krank. Liege mit hohem Fieber im Bett, was weiß ich. Nein, sie könne dem Sohn den Hörer nicht geben. Mann, hab ich mich aufgeregt! Umsonst, was sollte sie sagen.

Einen Moment lang dachte ich: Du bleibst eben hier. Die Nacht bringst du auch noch rum –

mit den andern, die sich im Diner eingefunden hatten. In den zwei, drei Nächten um Weihnachten waren's immer mehr als sonst. Obdachlose, die vorgaben, nur mal eben so auf ein paar Stunden reinzuschaun. Saßen vor ihrem Kaffee und schlossen, du konntest es sehen, die Hand fest um die Tasse, schoben den Finger tief in den Henkelring.

Da kam die Wut wieder hoch. Sollte dieser Sal meinen Plan verderben? Verdammt noch mal: Mein erstes gemeinsames Weihnachten? Ich ging zum Telefon zurück und rief bei ihr an. Sie hatte natürlich nicht mehr mit mir gerechnet. Es klang, als hätte sie schon geschlafen.

Gegen Mitternacht jedenfalls war ich mit meinem Wagen auf dem Weg zu ihr. Ich war in heller Aufregung. Der Schneesturm machte mir zu schaffen. Ich näherte mich gerade der Brücke. Ich weiß noch: Von Queens – vom anderen Flußufer – konntest du nichts mehr erkennen. Als gäbe es das Land schon nicht mehr, wo sie lebt.

Windböen stießen mir seitlich an den Wagen. Ich beschleunigte, weiß ich noch, fuhr auf eines der beleuchteten Mauthäuschen am Eingang der Brücke zu. Sein Licht beruhigte mich irgendwie, war schon von weitem zu sehen gewesen. Und dahinter: Der Weg über die Brücke, und dann wäre es nicht mehr weit bis zu ihr. Dachte ich das noch?

Plötzlich gingen die Scheinwerfer aus, die Scheibenwischer hielten, die Flocken schossen aus dem Dunkel heran. Das war das letzte, was ich sah. Dann ruckte der Wagen geräuschlos nach rechts. Kein Motor mehr zu hören, ich trat voll aufs Pedal. Nichts. Auch keine Kraft in den Armen, das fühlte ich, das Steuer im letzten Moment herumzureißen. Der Wagen prallte mit Wucht gegen das Brückengeländer.

Hab mir die Stirn aufgeschlagen, dachte ich, als ich das Blut aufs Knie tropfen fühlte. Da lag ich mit dem Kopf noch am Steuerrad. Ich richtete mich auf, tastete die Stirn ab. Über der Nasenwurzel blutete es, aber nur leicht. Glück im Unglück, dachte ich. Im Wagen war es rasch kalt geworden. Die Heizung war an, als ich losfuhr, aber der Wind hatte die Wärme aus den Ritzen gesogen. Stieß immer kälter nach. Erst da bemerkte ich, daß ich keinen Mantel trug, nicht mal eine Jacke, und – wie konnte ich das vergessen – losgefahren war, ohne mich umzuziehen. Ich trug nur die dünne Uniform, das weiße Hemd mit dem Diner-Logo und meinem Namensschild.

Ich glaube, da kam mir der Verdacht … – den ich schnell beiseite schob. Wie gesagt, es war verdammt kalt geworden. Ich drehte den Zündschlüssel um, versuchte, den Motor in Gang zu bringen. Nicht mal ein Hauch von Geräusch. Jedenfalls war bei dem Sturm nichts zu hören. Im Auto könnte ich auf Hilfe nicht warten, wußte ich. Müßte hier raus.

Ich versuchte, durch die Scheibe nach vorn zu sehen. War gar nicht einfach, sie war schon so gut wie zugeweht. Aber die Mautstelle, die eine, glaubte ich im Dunkel noch zu erkennen. Sie lag geradeaus vor mir, ihr warmes Licht – im Sturm schien es gleichsam zu flackern – war keine zwanzig Meter vom Wagen entfernt, schätzte ich.

Erst mal dorthin, dachte ich. Der Mann würde mir weiterhelfen. Den Abschleppdienst rufen.

Ich steige also aus dem Wagen und … – Sagt mal, könnt ihr mir folgen?«

»Jaja«, antworteten wir ungeduldig, als solle er uns jetzt nicht im Schnee stehenlassen. »Erzähl weiter«, sagte ich und warf einen Blick zum Treppenabsatz: Noch kein Zeichen von Rose.

»Ich steige also aus«, sagte Joe, »und geh ein paar Schritte im Sturm, Kopf nach unten, die Arme – mich panzernd – verschränkt auf der Brust. Schon nach wenigen Metern haut es mich um. Der Wind. Reißt mich zu Boden. Ich liege flach, rapple mich auf, spüre, wie es sofort kalthaftend nachzieht, durch Knie, Arme, die Brust, meine Hände. Ich stiere nach vorn. Mir ist, als säh ich überhaupt nichts mehr, nur noch Dunkelheit.

Schwarzen Schnee. Das Licht des Mauthäuschens war nicht mehr zu erkennen. Mein Wagen – ich wandte mich um – war's aber noch, noch gut zu erkennen, wie beruhigend, nur vier, fünf Meter hinter mir. Also weiter, nur weiter, dachte ich, in der Richtung da vorn muß es ja liegen. Wird gleich wieder auftauchen.

Vier, fünf Schritte gegen den eisigen Schneewind, der in voller Stärke auf mich zuhielt, und ich hatte den Eindruck, es könnte noch Stunden dauern, bis ich die Mautstelle erreiche, als wanderte ich schon Tage, so erschöpft war ich.

Endlich sah ich's, wie durch ein Sieb, an dem das Licht brüchig gefror. Sah es auftauchen vor mir, das Häuschen mit seiner Schranke. Ich hörte Weihnachtsklänge hinter den Fenstern, irgendeine glockenselig heile Musik, die mich im Diner verrückt gemacht hätte, mich aber jetzt euphorisch stimmte. Ich würde es schaffen. Der Mann hatte mich schon bemerkt, ungläubig erst, wer da aus dem Dunkel im Sturm vor den Fenstern auftauchte: *Einer zu Fuß!* Ich sah sein besorgtes Gesicht, als er Anstalten machte, mir zu öffnen. Beim letzten Schritt noch, auf die Tür zu, fiel mir ein, daß ich den Ring im Auto gelassen hatte. Dürfte ihn später nicht vergessen.

Sobald ich ins Innere des Mauthäuschens trat, der Mann die Tür hinter mir schloß, Wärme mich umfing, die eine kleine elektrische Heizung – er hatte sie sich seitlich neben den Stuhl gestellt – im Raum verbreitete, war mir, als entdeckte ich eine neue Welt, eine Insel im Sturm, ganz für sich und allen Zeiten trotzend, komme, was da wolle. Ich habe wohl nur gestottert, konnte ihm zunächst nichts erklären. Er winkte ab, gab mir eine Decke und hieß mich die nassen Sachen ausziehen, Platz auf seinem Stuhl zu nehmen – ich sollte mich erst mal aufwärmen. Er goß mir Tee aus seiner Thermosflasche ein. Der dampfte wohlig, roch nach Likör. Ich trank noch nicht, zog mich mit Mühe aus und war dann zu schwach, mir die Decke um den Leib zu wickeln, mich wieder zu setzen. Er half mir, schob auch den Heizofen zurück, damit, wie er sagte, nichts Feuer finge.

›Heute nacht noch über die Brücke?‹ fragte er. Das klang, als stünde mein Wagen fahrbereit vor der Tür.

›So war's geplant‹, sagte ich. ›Aber jetzt müssen wir erst mal jemanden bekommen, der mir den Wagen –‹

›Und warum?‹ unterbrach er mich neugierig.

Da durchschoß mich ein Schmerz, riß sich vom Herz bis in die Spitzen der linken Hand, daß ich auffuhr, die Augen schloß. Ich tat aber, als sei ich aufgestanden, besorgt, nach dem Wagen zu sehen. Was geht *den* das an, dachte ich. Was geht's einen Fremden an, warum ich heute nacht …

›Wir sollten uns um den Wagen kümmern‹, hab ich zu ihm gesagt. Und dachte dabei: Wirklich, bei dem Sturm kannst du froh sein, wenn dich der Abschleppdienst noch ausgraben kann.

Ich blickte also nach hinten, ihm anzudeuten,

in welcher Richtung mein Wagen stand. Und erschrak, als ich das Auto – auf die Entfernung – ohne weiteres sehen konnte. Es war angestrahlt, überschneit wie es war, deutlich zu sehen. Eine Polizeistreife hatte ihre Scheinwerfer darauf gerichtet. Ein Blinklicht rotierte, rot-weiß-blaue Flecken spiegelten sich naß auf einer freigelegten Stelle meiner Windschutzscheibe. Da wollen sie sehen, ob jemand noch drin sitzt, dachte ich.

›Ich muß hin, denen sagen, daß ich …‹

Ich winkte den Cops, die mich aber noch nicht bemerkt hatten. Hielt inne, als ich ein zweites Blinklicht bemerkte, das hinter dem Streifenwagen auftauchte. Ich sah Sanitäter herbeieilen. Sah einen Polizisten, der meine Wagentür öffnete: Einen, der drin saß. Vornübergesunken, leblos. Sah *mich*.«

Joe sog den Atem ein, als tauche er unter. Mit uns. Denn da war es, als stünden wir alle im Schneewind auf der Brücke vor seinem Wagen. Hätte ein Zuspätgekommener in diesem Moment durchs Wohnzimmerfenster der Zweiten Straße in Santa Monica geblickt, er hätte niemanden gesehen. Keine Hochzeitsgesellschaft, keinen Bräutigam, niemand in Erwartung der Braut.

Wir standen auf der Brücke nach Queens. Der böige Wind trieb den Schnee in Wirbeln durch die Lichtkegel. Einer war auf die Autotür gerichtet, die ich jetzt öffnete. Ich war der Polizist und hielt Larry, der sich in der Uniform des Sanitäters ins Innere des Wagens beugte, die Tür auf, an der die Winde rüttelten. Joe wurde kurz untersucht. Dann hörte ich Larrys Stimme: »Tot. Schon ’ne ganze Weile.«

»Ich stand am Fenster im Mauthaus«, sprach Joe, »und beobachtete, wie sie mich tot aus dem Wagen zogen. Ich sah meine linke Hand von der Trage gleiten. Sie sank in den Schnee auf der Brücke, als sie mich niederlegten, um auch den anderen Sanitäter einen Blick auf mich werfen zu lassen.

›Heute nacht noch über die Brücke‹, hörte ich

den Mann im Mauthaus hinter mir sagen. Jetzt war es eine Feststellung, keine Frage mehr.

Nochmals fuhr der Schmerz in mich, der mich bis hierher gebracht hatte. Und mit ihm die Erinnerung: Ich hatte sie noch aus dem Diner angerufen, sie hatte nicht mehr mit mir gerechnet. Es klang, als hätte sie bereits geschlafen. Aber etwas an ihren Worten, ihrem Atem, als ich sagte, ich würde noch kommen, beunruhigte mich. ›Bin gleich bei dir‹, sagte ich und hörte ein Geräusch im Hintergrund, eine Stimme. Einen Mann.

›Wer ist da? Wer ist bei dir?‹ hab ich sie gefragt. Sie schwieg, und als ich sie wiederholte, die Frage, hieß es: ›Komm nicht.‹ Sie habe es mir längst sagen wollen, habe es nicht übers Herz gebracht. ›Übers Herz‹. Sie hat nichts geleugnet. Nichts.

›Morgen komm ich bei dir vorbei‹, hat sie gesagt. Und nochmals hörte ich die Stimme im Hintergrund. Wer immer bei ihr war, war wütend, daß sie überhaupt mit mir sprach. Da wurde mir schwindlig.

Die Bedienung sah, wie ich den Hörer fallen ließ, mich am Geschirrwagen stützte, kaum mehr Atem bekam. Mit letzter Kraft bin ich nach draußen gerannt. Stieg in den Wagen, um zu ihr zu fahren. Ich mußte zu ihr, mußte sie sehen. Noch diese Nacht.

Es war still geworden im Mauthäuschen. Der Sturm war zu sehen, aber nicht mehr zu hören. Auch das Radio, fiel mir auf, war ausgeschaltet, die Röhren des elektrischen Ofens erloschen. Die Wärme, die blieb, stieg nach oben, und ich glaubte, die Seiten des alten Kalenders, der an der Wand hing, in sanftem Luftstrom rascheln zu hören. Fast unmerklich wurde es dunkler. Das Licht der Deckenlampe, das die Mautstelle hell beleuchtet hatte, nahm sich zurück. Als drehe jemand an einem Rheostat, dachte ich. Der Mann saß wieder in seinem Stuhl, von mir abgewandt. Er wartete. Es sah aus, als warte er, bis auch dieser Raum sich verdunkelt hätte. Ich wußte, gleich ist es soweit.

Ein Dämmerzustand trat ein. Letzte Gedanken zogen vorbei, über die ich nur staunen konnte: Ich sah die geliebte Frau, die ich … gar nicht gekannt hatte. Wer war sie gewesen? Wen liebte ich, wenn ich an sie dachte? ›Wo bist du‹, dachte ich, als spräche ich sie noch einmal an. Auch Bilder aus einem Traum, den ich Tage zuvor gehabt hatte, als ich nah an ihr schlief. Da träumte mir, ich spielte in einem Märchen. Ein paar von uns waren daraus erwacht und mußten nun fliehen, uns verstecken, um nicht mehr im Märchen mitspielen zu müssen. Die meisten spielten es weiter, manche von uns in Todesangst, ihr Wachgewordensein könnte entdeckt werden. Das bist alles du, Joe, das warst alles du, sagte ich mir.

Jetzt war es dunkel. Hinter dem Mann aber, von der anderen Seite der Brücke her, kam ein Licht.

Er stand langsam auf, sah es kommen. Wir beide sahen es kommen. Es waren Scheinwerfer, ein einzelner Wagen, der von der anderen Seite her über die Brücke kam. Sein Licht streifte unsere Fenster. Wie seltsam, dachte ich, wie kindisch märchenhaft: Man kommt von der anderen Seite dich abholen, Joe.

Langsam, sehr langsam, als ginge es über brüchiges Eis, fuhr der Wagen, bis er, einige Spuren entfernt, auf der Höhe der Mautstelle hielt. Jemand stieg aus und – ich sah es sofort – wollte quer über die Bahnen auf den verunglückten Wagen zu. Es war die Frau, die ich liebte. Sie hielt die Hand gegen den Wind und hastete kurz darauf an unseren Fenstern vorbei.

Sie wird sich das nie vergeben, dachte ich. Und im selben Moment: Dabei ist es nicht einmal ihre Schuld. Verglichen mit dem, was mir jetzt bevorstand, verglichen mit der Dunkelheit des Raums, in dem wir standen, schien mir ›Schuld‹ unbegreiflich. Was war das? Etwas, das ich ihr angetan hatte? Etwas, das sie mir schenkte? Weil ich nicht aufwachen wollte – oder, aufgewacht, weiterspielte, todesängstlich weiter im Märchen, ihr den Ring noch zu geben. Zu binden, was unverbunden war.

Ich sah sie zu den Sanitätern eilen. Die Polizisten suchten sie zu beruhigen. Man wollte die Bahre vom Boden heben, den Körper zum Wagen tragen. Da – ich fühlte, wie ein entsetzlicher Schmerz mich durchriß – faßte sie meine Hand. Faßte die Linke, die neben dem Bahrenrand im Schnee lag. Hob sie und legte sie neben mein Bein. Sie ließ nicht los, obwohl es mich schmerzte, ließ nicht los, obwohl die Leute nun standen, die Bahre erhoben, ließ nicht los, obwohl sie damit zum Wagen trotteten, ließ nicht los, obwohl ich schrie, schrie hinterm Fenster, sie solle mich gehen lassen, ließ nicht los. Ließ nicht los, als sie die Bahre in ihren Wagen schoben, ließ nicht los, als einer sagte: ›Das geht nicht, Sie können nicht mit.‹ Ließ nicht los, als sie die Türen zuschlugen, es dunkel wurde. Ließ nicht los. Nie mehr los.«

Joe hatte sie nicht bemerkt. Wir alle hatten sie nicht bemerkt. Nur Larry deutete auf die Treppe, die sich erhellt hatte – denn das war das Zeichen.

»Hey, Joe …«, sagte Larry.

Da kam Rose, zu den Takten von *Here Comes the Bride*, in einem weißen Kleid, das sie auf Montana Avenue gekauft hatte, die Treppe herab auf Joe zu. Als sie seine Hand faßte, vor die Pastorin zu treten, blitzten die Kameras auf.

Michaela Kopp-Marx

Schwarzer Schnee

Abschied und Übergang in Patrick Roths »Lichternacht«

> Nicht sind die Leiden erkannt,
> nicht ist die Liebe gelernt,
> und was im Tod uns entfernt
> ist nicht entschleiert.
>
> *Rainer Maria Rilke*
> *Sonette an Orpheus (I, 19)*

Seit den achtziger Jahren hat sich die Kunst vom ewigen Diktat der Negativität ebenso befreit wie von den modernistischen Dogmen der Autonomie, der Originalität und Innovation. Sie wendet sich der Vergangenheit vertrauensvoll zu, erkundet deren Ressourcen, bekennt sich zu Traditionen und Vorbildern, greift auf realistische Darstellungsformen als eine Möglichkeit neben anderen zurück. Mit ihrem emphatischen Sinn für Gegenwart reagiert die Postmoderne auf Veränderungen im herrschenden Bewußtsein, ist sie doch kein statisches Epochenkonstrukt, sondern eine Haltung, die selbst einer Entwicklung unterliegt. Der Pluralismus, der hybride Zitat- und Verweischarakter, der Bedeutsamkeit ironisch unterlief oder wie in einem Spiegelkabinett ins Sinn-Leere steigerte, war eine typische Einstellung der achtziger Jahre, die mit den Neunzigern einem neuen Ernst gewichen ist. Das Bedürfnis nach Verbindlichkeit und Orientierung ist größer geworden, man zweifelt daran, daß es sich ganz ohne Sinnbehauptung leben läßt, und plädiert für die Bewahrung eines transzendenten Raums.

Patrick Roth zählt zu den Autoren der Gegenwart, die um die Wirklichkeit eines transsubjektiven Prinzips wissen. Seine Aufgabe als Schriftsteller definiert er ausdrücklich als Auftrag, »das Unbewußte, Unpersönliche, Numinose und Zeitlose mit dem Bewußtsein, mit dem Persönlich-Individuellen, mit dem ganz und gar Zeitlichen in Beziehung zu setzen«. Es geht ihm um das Freilegen von »Schnittstellen«, damit diese »uns alle bestimmende[n] Gegensätze«[1] ins Bewußtsein treten können. Der Alltag in seinen Texten ist daher grundsätzlich durchlässig für Epiphanes, Mythisches, Manifestationen des Unbewußten. Übergänge (»dissolves«) ereignen sich, so daß unter der banalen Realität der Apartmentanlagen, »Delis« und Boulevards ein Anderes aufscheint, dessen Licht aus dem Dunkel Zugänge zu Bereichen eröffnen kann, die dem rationalen Diskurs voraus sind.

Texte, die von Abschieden sprechen, erzählen immer auch von Übergängen, ist doch dem Abschied die Ablösung von einer alten Ordnung wesentlich. Ihr folgt ein Interim, in dem die Dinge sich verändern. Die Verwandlung bereitet die Wiederkehr des Getrennt-Verlorenen auf einer höheren Ebene vor, so daß in einem dritten Stadium eine neue Ordnung erreicht wird. Nach diesem klassischen Dreiphasen-Schema ist »Lichternacht« komponiert: Die Erzählung setzt am Vorweihnachtsabend 2002 mit den Vorbereitungen zu einer Hochzeit ein, die als Haustrauung vollzogen werden soll. Das Fest wird zum Anlaß, die Geschichte einer Liebe zu vergegenwärtigen, die sich 25 Jahre zuvor in New York ereignete und im Hauptteil als umfassende Rückblende entfaltet wird. Der letzte Abschnitt leitet zurück in die Erzählgegenwart von Santa Monica: zur Trauung, die den Schlußpunkt setzt. »Lichternacht« weist drei Erzählebenen und zwei Ich-Erzähler auf – den namenlosen Gast, der in der Rahmenhandlung spricht, und Joe Travers, der die Geschichte in der Geschichte erzählt, dabei für wenige Zeilen eine weitere, dritte Erzählebene erreicht: im Bericht seines Traums. Bei aller Komplexität legt der Text Wert auf eine transparente Erzählstruktur – die einzelnen Ebenen lassen sich deutlich voneinander trennen. Allerdings wird diese Klarheit an einer entscheidenden, für das Verständnis von »Lichternacht« wesentlichen Stelle subvertiert.

Joes Erzählung handelt von einer Passage mit existentieller Dimension. Eröffnet wird sie mit der Bitte »Wartet noch ein wenig mit mir« – einer unscheinbaren Wendung, die an Matthäus 26,38 denken läßt: »Bleibt hier und wacht mit mir.« Es ist, als spiele Joe mit seinen Worten auf Jesu »Seelenkampf« im Garten Gethsemane an. So gesehen, scheinen auch die Ereignisse, von denen Joe nun berichtet, einer Entwicklung zu unterliegen, deren Dramatik den Hochzeitsgästen gewisse Parallelen zu jener biblischen Nacht hör- und sehbar macht, sie im Erzählen gleichsam erlebbar werden läßt. Am Anfang von Joes Passage steht ein unfreiwilliger Abschied, der im Grunde ein Aufbruch ist. Er ereignet sich auf einer Brücke, in dem Moment, da Joe im Begriff ist, sie zu überqueren – die symbolische Qualität dieses Vorgangs ist im Namen des Helden angedeutet: »Travers«, aus lat. »trans-vertere«, vereint die Bedeutungen »hinüber« und »wenden, verändern, verwandeln«: Joe Travers wird hinübergehen und im Durchschreiten eines Raumes gewandelt werden. In der weiterführenden Bedeutung von »Traverse« (Querbalken) ist die Symbolik des Kreuzes angesprochen, die vorausdeutet auf den Kreuzungspunkt im Lebensweg, an dem die Gegensätze aufeinandertreffen, um vereint in eine neue Richtung weitergeführt zu werden.

Auf der Brücke zwischen der Bronx und Queens im Schneesturm der Weihnachtsnacht von 1977 wird Travers' romantischer Plan, seiner großen Liebe einen Heiratsantrag zu machen, rücksichtslos durchkreuzt. Das Unglück kündigt sich in einem Telefongespräch mit ihr an, als Joe eine fremde Männerstimme im Hintergrund vernimmt. Er weiß es instinktiv, will es aber nicht wahrhaben, daß sie einen anderen hat. Schwindel erfaßt ihn, trotzdem bricht er auf: Er muß sie sehen. Auf der Einfahrt zur Brücke ereilt ihn dann der Herzinfarkt – der fatale Schmerz, der sich »bis in die Spitzen der linken Hand« zieht. Damit ist der erste Übergang markiert. Doch daß Joe das Bewußtsein verloren hat, ist zunächst nicht ersichtlich. Weiterhin schildert er minutiös seine Wahrnehmungen und Empfindungen: wie sich dicke Schneeflocken auf die Windschutzscheibe des Wagens legen, wie es eisig durch die Ritzen zieht, wie er den Wagen verläßt, um im Mauthäuschen Hilfe zu holen. Der Weg dorthin aber scheint endlos zu sein, Windböen reißen den »Wanderer« zu Boden, die zunehmende Dunkelheit färbt den Schnee schwarz, und beim Blick zurück erweist sich der entfernt geglaubte Wagen irritierend nah. Im Mauthäuschen fühlt er sich in einer »neuen«, der Zeit entrückten »Welt« angekommen, doch die Frage des Wärters »Heute nacht noch über die Brükke?« erregt noch keinen Verdacht: Joe Travers glaubt sich in seiner vertrauten Welt, in Wirklichkeit aber hat er die Grenze zur anderen Seite längst überschritten.

Daß Joe alles Erlebte nur imaginiert hat, versteht er erst, als er im Mauthäuschen beobachtet, wie man seinen leblosen Körper aus dem Auto zieht. Mit Joe verlieren auch seine Zuhörer den Boden unter den Füßen, wissen sekundenlang, daß sie sich selbst auf der New Yorker Whitestone-Bridge befinden, in jene Nacht hinausgestoßen. Sie sehen sich plötzlich in einer anderen Welt und damit einer Tatsache ausgesetzt, die rational nicht mehr begreifbar ist. Man ist in eine Sphäre übergetreten, in der dem Erzähler Ungeheures widerfährt, wenn er berichtet, sich selbst als Toten erkannt zu haben. Das Paradox löst sich auf, bedenkt man, daß Joe im Augenblick des Unfalls eine Dissoziation erlebt, die ihn von Leib und Leben trennt – ein Schock, der selbst noch in der erzählten Rekonstruktion gegenwärtig ist: »Joe sog den Atem ein, als tauche er unter. Mit uns. Da war es, als stünden wir alle im Schneewind auf der Brücke vor seinem Wagen.« Als solle dieser traumatische Moment in seiner ganzen Wucht auch dem Leser fühlbar werden, löst der Text an dieser Stelle die Grenzen zwischen den erzählten Welten auf: Das Wohnzimmer von Santa Monica wird vertauscht mit der Brücke nach Queens, Joes Zuhörer verwandeln sich in Polizist und Sanitäter, die ins Geschehen eingreifen, den Tod des Helden diagnostizieren. West- und Ostküste, Vergangenheit und Gegenwart, Leben und Tod gehen eins ins andere über, zwei Welten stehen ineinander verschränkt: »Hätte ein Zuspätgekommener in diesem Moment durchs Wohnzimmerfenster der Zweiten Straße in Santa Monica geblickt, er hätte niemanden gesehen. Keine Hochzeitsgesellschaft, keinen Bräutigam, niemand in Erwartung der Braut.« Joe aber ist noch ganz am Anfang seiner Reise, hat gerade erst seinen Abschied genommen, da erklingt die Ansage »Heute nacht noch über die Brücke« erneut. Nun ist klar, daß der Charon im Mauthäuschen darauf wartet, seinen Passagier ans andere Ufer zu geleiten.

Die Medizin kennt Joe Travers' schwebende Situation zwischen Leben und Tod als Nahtoderfahrung. Sie spricht vom »klinischen Tod«, insofern die Hirnfunktionen zeitweilig erloschen sind. Gleichwohl kommt es zu intensiven inneren Erlebnissen und Emotionen, wird der eigene Körper verlassen und von außen wahrgenommen. Aus Sicht der Tiefenpsychologie handelt es sich um einen traumähnlichen Zustand, bei dem das Bewußtsein so verändert ist, daß die unbewußte Psyche sich äußern kann, eine Art Schau sich ereignet, in der innere und äußere Tatsachen in neuen, sinnvollen Zusammenhang kommen. Was Joe auf seiner weiteren Passage erlebt, läßt sich als Weg nach innen, als Begegnung mit den tiefen Schichten der Psyche beschreiben. Aus ihnen steigt zunächst die Erinnerung an den Abend im »Diner« herauf, an das Telefongespräch mit der Geliebten und das Entsetzen über ihre Untreue. Die nächste Stufe in die Tiefe der Seele reicht noch weiter in die Vergangenheit zurück, birgt die Erinnerung an den Traum, den er Tage zuvor nah an der Geliebten träumte, dem er damals aber keine Beachtung schenkte. Mit der Wiederkehr dieses Traumes ist eine weitere Schwelle überschritten. Die Außenreize schwinden, es wird immer stiller, immer kälter, das Licht nimmt sich zurück. Joes endgültiger Abschied steht unmittelbar bevor, er selbst spricht von »letzten Gedanken«: Sie gelten der Geliebten, die er »gar nicht gekannt hatte«, deren Bild noch einmal fremd vor seinem inneren Auge erscheint.

An diesem äußersten Rand des Lebens, im Lauschen auf innere Bilder kündigt sich die Wandlung des Joe Travers an. Der Traum, beginnt Joe zu ahnen, hielt ihm den Spiegel vor. Im Traum nämlich ist seine Lebenssituation dargestellt, sein eigentliches Problem, das Tage später auf der Whitestone-Bridge so zerstörerisch aufbrechen sollte. »Da träumte mir, ich spielte in einem Märchen. Ein paar von uns waren daraus erwacht und mußten nun fliehen, uns verstecken, um nicht mehr im Märchen mitspielen zu müssen. Die meisten spielten es weiter, manche von uns in Todesangst, ihr Wachgewordensein könnte entdeckt werden. Das bist alles du, Joe, das warst alles du, sagte ich mir.« Psychologisch betrachtet, kommentiert Joes rezenter Traum die aktuelle Lage des Träumers und damit auch die Beziehung zur Geliebten. Es ist, als würde der Traum ihm sagen: »Du lebst in einem ›Märchen‹, bist blind für die Realität, so ›unbewußt‹ und naiv wie eine verwunschene Märchenfigur. Bis zu einem gewissen Grad erkennst du zwar die Illusion, bist aber gleichzeitig ›in Todesangst‹, daraus Konsequenzen zu ziehen und aus dem Märchen auszusteigen, um endlich festzustellen, was wirklich ist. Nur ein kleiner Teil deiner Psyche ist wach geworden (›ein paar von uns waren daraus erwacht‹), hat die ›Diktatur‹ des Märchen-Spiels erkannt und weiß, daß es so nicht weitergehen kann. Diese rebellische Minderheit ist die Hoffnung eines neuen Bewußtseins – ein Funke Licht auf dem Weg in eine dir noch unbekannte Realität.« Der Traum hatte den Moment der Selbsterkenntnis, in dem das Ende des »Märchens« schon angezeigt war, präfiguriert, aber Joe versteht die Traumbilder erst im Zwischenreich, in der Jenseits-Realität des Mauthäuschens.

Ein Erkenntnisprozeß hat sich in der Begegnung mit dem Unbewußten vollzogen. Ersichtlich wird das neue Wissen in einer neuen Einstellung, die Joes Liebe verwandelt, aber auch in einer Veränderung der äußeren Lage, denn ein neuer Übergang bahnt sich an: Im tiefsten Dunkel leuchtet ein Licht von der anderen Seite der Brücke her. Was Joe zunächst als mystisches Licht, als Signal, die letzte Grenze zu überqueren, interpretiert, ist in Wahrheit das Scheinwerferlicht eines Wagens aus Queens. Hinter den Fenstern des Mauthäuschens verfolgt er, wie diesem Wagen die geliebte Frau entsteigt, wie sie an ihm vorbei zur Unfallstelle hastet, die im Schnee liegende linke Hand des Verunglückten ergreift und sie gegen die abwehrende Haltung der Sanitäter nicht mehr losläßt. »Sie wird sich das nie vergeben«, denkt er bei ihrem Anblick und befürchtet, daß sie sich die Schuld an seinem Tod geben wird. Joes neu gewonnene Sicht auf die Geliebte wird evident, wenn die moralische Frage der Schuld ihre Bedeutung verliert. »[Schuld:] Was war das? Etwas, das ich ihr angetan hatte? Etwas, das sie mir schenkte? Weil ich nicht aufwachen wollte – oder, aufgewacht, weiterspielte, todesängstlich weiter im Märchen, ihr den Ring noch zu geben. Zu binden, was unverbunden war.« Ihre Untreue ist Joe zum Zeichen geworden, einem notwendigen Signal, das ihn zur Rücknahme seiner Projektionen zwingt. Die Geliebte ist keine sündenlos-unbefleckte Göttin, sondern »nur« ein Mensch, ihre Untreue – so gesehen – ein »Geschenk« auf dem Weg zu Joes Selbstwerdung.[2]

Die geliebte Frau erscheint am Unfallort, sie greift in Joes Leben ein und zieht ihn vom Rand des Todes in die Realität zurück. Joes Übergang setzt der Text mittels einer Geste der Vereinigung in Szene, die in zehnfach gesteigerter Wiederholung das Unerhörte der Wiederkehr zum Ausdruck bringt: »Da – ich fühlte, wie ein entsetzlicher Schmerz mich durchriß – faßte sie meine Hand. Faßte die Linke, die neben dem Bahrenrand im Schnee lag. Hob sie und legte sie neben mein Bein. Sie ließ nicht los, obwohl es mich schmerzte, ließ nicht los, obwohl die Leute nun standen, die Bahre erhoben, ließ nicht los, obwohl sie damit zum Wagen trotteten, ließ nicht los, obwohl ich schrie, schrie hinterm Fenster, sie solle mich gehen lassen, ließ nicht los. Ließ nicht los, als sie die Bahre in ihren Wagen schoben, ließ nicht los, als einer sagte: ›Das geht nicht, Sie können nicht mit.‹ Ließ nicht los, als sie die Türen zuschlugen, es dunkel wurde. Ließ nicht los. Nie mehr los.«[3] Damit aber ist die Geschichte noch nicht zu Ende. Es fehlt der letzte Übergang, der das vor 25 Jahren Getrennte in die Dyade überführt. Dieser letzte Wechsel vollzieht sich im Ritus der Eheschließung. Mit der Hochzeit begeht Joe einen klassischen »rite de passage« von einem Lebensabschnitt in den nächsten, von der alten in die neue Ordnung der Einheit, in der sich das einst Zerbrochene neu fügt. Sein Gewicht erhält dieser Vorgang in der zeremoniellen Inszenierung, an der die Hochzeitsgäste teilnehmen und die sie bezeugen. So ermöglicht der Eheritus die Fassung eines im Grunde Unfaßbaren, zutiefst Symbolischen.

Die Frage, die lange Zeit bewußt offenbleibt, beantwortet sich am Schluß: Die Frau, die Joe Travers heiratet, ist dieselbe Rose Reed, in die er sich ein Vierteljahrhundert zuvor verliebt hatte. Auf ein Lichtzeichen hin erscheint sie zu Beginn des letzten Erzählabschnitts im Brautkleid an der Schwelle der Treppe. Sie überwindet diese letzte »Passage«, kommt aus ihrer Sphäre herab und faßt noch einmal – nun für immer – Joes Hand,[4] um mit ihm vor die Pastorin zu treten. Die eigentliche Vermählung, auf die alles Erzählte zuläuft, ist nur angedeutet: Noch bevor die Pastorin das Wort erhebt, blendet sich die Erzählung aus. Das letzte Bild zeigt die sich haltenden Hände des Brautpaars in den Blitzlichtern der »instamatic cameras«.

»Lichternacht« ist eine Erzählung, die nachhallt, zu denken gibt. Sie markiert die strukturlos gleiche Zeitspanne eines Vierteljahrhunderts durch Einschnitte, die zu einem späteren Zeitpunkt, an einem anderen Ort, auf einer anderen Ebene wiederkehren. Neben ihrer kreisförmigen Struktur kennzeichnen sie zahlreiche Entsprechungen und Analogien, so daß ein dichtgeknüpftes Netz entsteht, das die auseinanderliegenden Elemente in Beziehung setzt und damit nicht nur Spannung, sondern auch Bedeutung stiftet. Wie in der Sonaten-Hauptsatzform folgen auf die Vorzeichen die Ereignisse. Das Verschwinden der Braut zu Beginn der Geschichte ist das Vorzeichen ihres Wiedererscheinens am Ende. Signifikanterweise verschwindet sie aber nicht, ohne sich noch einmal nach Joe umzuwenden, ihm einen letzten Blick zuzuwerfen, so »als nähme sie Abschied in dieser Sekunde«. In ihrem symbolischen Rückzug ist die Trennung, von der Joe erzählen wird, bereits angekündigt, zugleich signalisiert die Körperwendung, daß der Abschied kein endgültiger ist, sondern durch eine Ankunft in der Zukunft relativiert werden wird. Joe ruft seine Leidensgeschichte erzählend ins Bewußtsein, auch in der Absicht, den damals durchkreuzten Plan, Rose Reed zu seiner Frau zu nehmen, noch einmal anzugehen, das Schicksal noch einmal herauszufordern, um die ersehnte Einheit nach 25 Jahren Wirklichkeit werden zu lassen.

Ein Bedeutungsnetz kommt in »Lichternacht« aber nicht allein durch das Knüpfen von Zusammenhängen zustande; für eine zusätzliche Tiefendimension sorgt die ausgefeilte Symbolik. Nicht nur haben alle Namen symbolische Bedeutung – fast alles, was ist, weist über sich selbst hinaus auf Grundlegendes: Brücke und Treppe stehen für die Verbindung getrennter Sphären, die Mautstelle für den finalen Ort, an dem das Leben »fällig« wird, die sich haltenden Hände für die Vereinigung der Gegensätze, die Nacht für das Reich des Unbewußten, Wind und Sturm für die höhere Macht.

Besonders bedeutsam und vielschichtig ist das titelgebende Licht. Im Kontext der Weihnachtsgeschichte erinnert es an Jesus, das »Licht der Welt« (Joh 8,12), das in der Finsternis scheint und »alle Menschen erleuchtet, die in diese Welt kommen« (Joh 1,9). »Lichternacht« deutet das religiöse Bild tiefenpsychologisch, versteht das Licht *auch* als »lumen naturae«, das aus dem Dunkel des Unbewußten kommt. In »Mysterium Coniunctionis« weist Carl

Gustav Jung auf diesen Zusammenhang hin: »Wir wissen aus vielen Andeutungen, daß der Mensch und sein Inneres der ›arcanus locus‹ ist, in welchem [...] jene scintilla [Funke] des ›natürlichen Lichtes‹ gefunden wird.«[5] Dieses Licht aus dem Dunkel kann bewußtseins- und erkenntnisstiftend wirken, wenn das Ich es zu erkennen und zu integrieren versteht, das heißt: im Leben zu realisieren weiß. Joes Selbstwerdung trägt sich nicht ohne Grund in einer Nacht zu. Sie steht für die dem Bewußtsein abgewandte Seite, für das Unbewußte, aus dem ihm ein bewußtseinsstiftender Funke leuchtet. Zugleich ordnet die Erzählung das Licht der Liebe zu, es wird zu Roses »Erkennungszeichen«, auch insofern sie es ist, die Joe aus seiner Dunkelheit holt. Und schließlich verweist es – als »Blitzlicht« – auf die Oberfläche der Erscheinungen, auf das, was an äußerer Realität zunächst nur »abgelichtet« werden kann.

Im weihnachtlichen Deutungshorizont nimmt »Lichternacht« Bezug auf die Mysterien der Inkarnation und Geburt, auf Liebe, Wandel und Erneuerung. Nicht nur hat die »Wiedergeburt« des Joe Travers eine Parallele in der Geburt des Gottessohns. Über den Wandel, der sich in seinem Inneren vollzieht, steht Joe außerdem in Verbindung mit dem Verlobten der Maria, Josef, der seine Braut der Untreue verdächtigt, ein Umstand, der ihm im Traum vom Engel in anderem Licht gezeigt wird: »denn das in ihr geboren ist, das ist vom heiligen Geist« (Mt 1,20). Josef überwindet seine Zweifel, nimmt Maria zu sich und bietet ihr Schutz: »Da nun Josef vom Schlaf erwachte, tat er, wie ihm aufgetragen der Engel des Herrn, und nahm seine Frau an« (Mt 1,24). Wie Josef nimmt Joe, als er aus seinem »Schlaf« erwacht, seine Frau an. Rose wiederum trägt das zentrale Attribut Mariens im Namen, sie läßt mithin auch an die immergrüne Christ-Rose denken, die dem Wintersturm trotzt.

Die zweite Parallelgeschichte, auf die »Lichternacht« anspielt, ist immer an Weihnachten im Fernsehen zu sehen. Frank Capras Weihnachtsklassiker »It's a Wonderful Life« (dt. »Ist das Leben nicht schön?«, USA, 1946) ähnelt der Erzählung nicht nur in atmosphärischen Details wie den tiefverschneiten Straßen oder dem Schauplatz der Brücke – beide Geschichten variieren dieselbe Grundkonstellation des in der Krise gewandelten Helden. An Heiligabend findet sich der verzweifelte George Bailey auf der schneeverwehten Brücke von Bedford Falls – auch er am Kreuzweg zwischen Leben und Tod. Als George in die Tiefe springen will, erscheint Henry Travers in der Rolle des Schutzengels Clarence. Er weiß den Lebensüberdruß seines Schützlings zu heilen, indem er ihn in die parallele Welt von Pottersville versetzt, in der das Böse gesiegt hat. George ändert am Weihnachtsabend seine Einstellung und kehrt »neugeboren« zu Kindern und Ehefrau zurück. Sie heißt (natürlich) Mary und wird gespielt von Donna Reed.

Ähnlich wie in Capras Film wendet sich auch in Roths Erzählung alles zum Guten. Doch es hätte auch anders ausgehen können. Die Möglichkeit der Katastrophe, ein Hauch von Tod scheint auf in einem scheinbar belanglosen Satz, der zu Beginn der letzten Szene fällt: »Hey, Joe …«, spricht Larry den Bräutigam an, der noch ganz im Erzählen befangen ist, und bedeutet ihm, daß Rose oben auf der Treppe erschienen ist. »Hey, Joe« ist ein Zitat aus dem gleichnamigen Song von Jimi Hendrix, der von einer weiblichen Untreue mit tödlichem Ausgang erzählt: »Hey, Joe, where you goin' with that gun in your hand?« Und die Antwort enthält die Begründung: »I'm goin' down to shoot my old lady. / You know, I caught her messin' 'round with another man.« Man denkt zurück an den überstürzten Aufbruch Joes aus dem »Diner«, und der Gedanke, daß im Handschuhfach seines Wagens vielleicht eine Pistole lag, mit der er die Geliebte hätte niederschießen können, ist nicht ganz von der Hand zu weisen.

»Lichternacht« endet, so scheint es, fraglos glücklich, alles fügt, rundet, erfüllt sich. Gleichwohl mag Monate später keiner der Hochzeitsgäste auf den Abend zurückkommen, »nie wieder« wird über ihn gesprochen. Rückblickend scheint es dem Erzähler gar, es habe »den Abend nie gegeben« – eine paradoxe Bemerkung, die um so befremdlicher anmutet, als mit ihr die Erzählung eröffnet wird. Ins Auge fällt die eigentümlich mysteriöse Stimmung des Anfangs. Das Wohnzimmer, Ort von Joes Erzählung, leuchtet im »weinroten« Licht der gerade im Meer versinkenden Sonne, eine unerklärliche Unruhe ergreift Brautpaar und Gäste, Abschied liegt »seltsam und schrecklich« im Blick der Braut. Etwas geht vor sich, ein diffuses Drittes drängt nach Verwirklichung und setzt den Schauplatz unter eine Spannung, die erst nachläßt, als das Licht aufleuchtet und die Braut erlöst und erlösend am Treppenabsatz erscheint.

Daß keiner der Freunde den Abend »je wieder« erwähnte, »geschweige denn an Joes Worte« rührte, scheint unmittelbare Folge des unheimlichen Ereignisses zu sein, das sich atmosphärisch ankündigt und den eigentlichen Höhepunkt der Erzählung bildet. Es ist der Moment, in dem Joe sich »vornübergesunken, leblos« am Steuer seines Wagens entdeckt. Ihm folgen jene Sekunden, in denen Joes Zuhörer aus dem Wohnzimmer in Santa Monica auf die Brücke nach Queens gerissen werden, wo sie als Handelnde leibhaftig anwesend sind. Wie verwunschene Figuren sehen sie sich in Joes Erzählung hineinverdammt, »märchenhaft« gezwungen, Worte zu verkörpern, die ihnen unversehens Wirklichkeit wurden. Ein Fremdes bricht mit aller Macht in die Kontinuität ihrer Existenz und fügt ihrem Leben einen Bruch zu. Die Hochzeit verlassen sie als von Grund auf Veränderte, haben sie doch am eigenen Leib erfahren, daß Worte Fleisch werden können.

Das unheimliche Übergangsszenario auf der Brükke spiegelt in gewisser Weise noch einmal die Situation, die in Joes Traum konstelliert war. Den verschiedenen Komponenten seiner Psyche, im Traum quasi als Gruppen sichtbar, entsprechen die Instanzen, die konstitutiv für die Erzählung sind: Erzähler, Zuhörer und Leser. Die Rolle der Zuhörer kommt den Aufgewacht-Ängstlichen innerhalb des Traums nahe. Sie sind sich einer zweiten Wirklichkeit als Wahrheit bewußt geworden, ein Bruch hat sich ereignet, der die alte Einstellung in Frage stellt – sie müßte überwunden werden. Aber sie schweigen darüber aus »Todesangst«, dem Bruch-Moment nachzuspüren. Unmittelbar nach dem Einbruch jener fremden Macht (tiefenpsychologisch gesehen ist es das objektive Unbewußte) gehen Joes Zuhörer schnell über zur

»Hochzeitsroutine«, lenken sich ab mit dem üblichen Dokumentationsritual. In ihrem Abfilmen und Ablichten der Trauung steckt ein Moment der Kompensation über das erlittene Trauma, zugleich wird die Ungeheuerlichkeit im vertraut märchenhaften Charakter der Zeremonie gleichsam »gezähmt«, der Riß im eigenen Lebensfilm gekittet.

Der Erzähler Joe entspricht jener Minderheit seines Traums, die nun endgültig wach geworden ist. Er hat den Einbruch als Spaltung am eigenen Leib erfahren, hat ihn durch-standen und ver-standen und gibt ihn nun wieder. Dabei ist er sich des existentiellen Wagnisses seines Erzählens durchaus bewußt – der Beschwörung einer Vergangenheit, die in seinen Worten wirklich werden könnte und für die Freunde tatsächlich auch wirklich wird. Mit der neuen Lebenseinstellung hat Joe eine neue Stufe seiner Individuation[6] erreicht.

Die dritte Gruppe, wie sie sich in Joes Traum abbildet, umfaßt die Mehrheit derjenigen, die das »Märchen« still weiterspielen, weil sie gänzlich unbewußt sind. Die Rolle dieser Unbewußt-Unerwachten fällt den Lesern der »Lichternacht« zu, vielleicht gerade denen, die sich eine erbaulich-behagliche »Weihnachtsgeschichte« erhoffen. Die Erzählung nämlich legt es darauf an, den Leser zu initiieren, ihn eng am

Erleben des Helden zum Abgrund, zur Spaltung von Ich und Welt zu führen, wo plötzlich bewußt wird, daß das Leben längst zu Ende ist, ein unter ihm befindliches Anderes aber offenbar immer schon gegenwärtig war und nun offenbar wird. Wenn man diese Erfahrung miterlebend nachvollzieht, gerät der Bruch zum Durch-Bruch, zum Übergang, und »Lichternacht« zur »Passagenbereiterin«. Sie verweist auf das Andere, »[d]as für den Leser noch ansteht – wie die Realisierung des Traums dem Träumer und nun erwachten Erinnerer noch ansteht. Nur die eigene Erfahrung zählt am Ende, nur sie ist das Ziel«.[7]

»Lichternacht« bringt das zur Sprache, wofür es keine Begriffe gibt, deutet mit poetischen Mitteln auf ein Numinoses, das nicht verfügbar gemacht, nur erfahren werden kann. Und so versteht Carl Gustav Jung *die* Frage als »Kriterium des Lebens«[8], die auch »Lichternacht« ihrem Leser stellt: »Bist du auf Unendliches bezogen oder nicht?« Jung fügt, ganz im Sinne von »Lichternacht«, hinzu: »Auch in der Beziehung zum anderen Menschen ist es entscheidend, ob sich das Grenzenlose in ihr ausdrückt oder nicht.«

1 Patrick Roth: Zur Stadt am Meer. Heidelberger Poetikvorlesungen. Frankfurt a.M.: Suhrkamp, 2005. S. 78.

2 Die Namen der Orte, an denen sich Joes innere Entwicklung vollzieht und vorläufig vollendet (»Whitestone-Bridge«, »Santa Monica«), und die Namen des Ziels seiner nächtlichen Reise bzw. der Herkunft seiner Geliebten (»Queens«, »Whitestone«) haben ebenfalls symbolische Bedeutung. Tiefenpsychologisch gedeutet verweisen sie auf die Anima und das Selbst.

3 Die zehnfache Nennung des Nicht-Loslassens ist zahlensymbolisch bedeutsam. Als Summe der ersten vier Zahlen (1 + 2 + 3 + 4) erhebt die Zehn die Vielheit zu einer neuen Einheit auf höherer Ebene.

4 Im Ritus der Trauung ist es wieder die »Linke«.

5 Carl Gustav Jung: Mysterium Coniunctionis. Untersuchungen über die Trennung und Zusammensetzung der seelischen Gegensätze in der Alchemie. In: Carl Gustav Jung: Gesammelte Werke. Bd. 14/1. Olten und Freiburg i.B.: Walter, 1971. S. 280, § 336.

6 »Individuation« bezeichnet den psychischen Reifungs- und Wandlungsprozeß, der »die Entwicklung der individuellen Persönlichkeit zum Ziele hat«. Vgl.: Carl Gustav Jung: Gesammelte Werke. Solothurn, Düsseldorf: Walter, 1995. Bd. 6 [Psychologische Typen]. S. 470-472.

7 Patrick Roth: Ins Tal der Schatten. Frankfurter Poetikvorlesungen. Frankfurt a.M.: Suhrkamp, 2002. S. 147.

8 Carl Gustav Jung: Erinnerungen. Träume. Gedanken. Aufgezeichnet und herausgegeben von Aniela Jaffé. Zürich, Düsseldorf: Walter, [13]2003. S. 327-328.

Patrick Roths »Lichternacht« erschien erstmals in der ZEIT vom 11.12.2004, Nr. 53. Das Filmbild auf S. 8 ist entnommen aus: »It's a Wonderful Life«, USA 1946, Regie: Frank Capra.

Erste Auflage dieser Ausgabe Insel Verlag Berlin 2014 Bezugspapier: Christoph Kniel und Niko Synnatzschke / plainpicture, Hamburg. Gesetzt in der Schrift MT Garamond. Gedruckt auf holzfreies, alterungsbeständiges Werkdruckpapier der Papierfabrik Cordier, Bad Dürkheim, vom Druckhaus Nomos, Sinzheim. Gebunden in Fadenheftung von der Buchbinderei Spinner, Ottersweier. Printed in Germany.

ISBN 978-3-458-17624-4